BOLIVAR

PAR

ÉMILE DE BONNECHOSE,

BIBLIOTHÉCAIRE DU CHATEAU DE SAINT-CLOUD.

PRIX : 1 FRANC.

Au Profit des Polonais.

Paris

MESNIER, ÉDITEUR, PLACE DE LA BOURSE.
LADVOCAT, DELAUNAY, PALAIS-ROYAL.

1831

BOLIVAR.

IMPRIMERIE ET FONDERIE DE G. DOYEN,
PARIS. — RUE SAINT-JACQUES, N. 38.

BOLIVAR

PAR

Emile de Bonnechose

BIBLIOTHÉCAIRE DU CHATEAU DE SAINT-CLOUD.

AU PROFIT DES POLONAIS.

PARIS

MESNIER, ÉDITEUR, PLACE DE LA BOURSE.
LADVOCAT, DELAUNAY, PALAIS-ROYAL.

1831.

BOLIVAR.

Qu'il est beau le ciel d'Amérique,
Lorsque de l'horizon perçant le voile obscur
L'astre du jour, sorti du sein de l'Atlantique,
Des feux de l'équateur rougit les flots d'azur.

Que son éclat est doux, que la nature est belle

Sur les bords où les vents, rafraîchis par des monts

Chargés d'une neige éternelle,

D'un soleil dévorant tempèrent les rayons :

Aux lieux où sans marquer chaque saison nouvelle.

Dieu favorise l'homme et prodigue à ses champs

Sous les feux de l'été les douceurs du printemps!

Mais sur la plage où l'onde amère

Baigne le pied des monts voisins de Caracas

Jusqu'aux lieux où brillait le trône des Incas

Naguère en vain le ciel souriait à la terre,

La terre avec amour ne lui répondait pas.

Dans ces climats si beaux vainement la nature,

Admirable sans art et riche sans culture,

En prodiguant à l'homme et ses fleurs et ses fruits

Se montrait à ses yeux inépuisable et forte;

La main de l'homme restait morte

Sur le sol vierge encor qui les avait produits.

Les peuples gémissaient sous une double entrave;

Un sombre inquisiteur à leur raison esclave
Montrait dans un Dieu juste un despote irrité :
Arbitre de leurs biens, arbitre de leur vie,
Un vice-roi cruel avec impunité
    Foulait aux pieds leur liberté,
Et l'impôt dans sa source étouffait l'industrie.

Sans profit pour lui-même, en cultivant le sol
Où pour bénir ses dons le ciel l'avait fait naître
L'Américain tremblait de n'enrichir qu'un maître,
    Et dans ce maître un Espagnol.

En proie au fanatisme, en proie à l'ignorance,
Dévorés chaque jour par des tyrans nouveaux,
Les peuples, sans vertus comme sans espérance,
Au sein des voluptés s'endormaient sur leurs maux,
Cherchant dans les plaisirs l'oubli de la souffrance.

Ils périssaient ; soudain de sa puissante voix
Un héros les ranime en proclamant leurs droits ;
Il parle, et l'œuvre suit ses paroles fécondes :

Des champs de Caracas aux sommets de Quito
L'homme n'a plus qu'un cri, la terre qu'un écho;
Liberté, liberté, c'est le cri des deux mondes.

Ces hommes abrutis sous leurs pesans liens
D'esclaves en un jour deviennent citoyens :
Ils ne voient en eux tous qu'une seule famille,
        Dans l'Espagnol qu'un ennemi :
L'audace est sur leurs fronts, en leurs mains le fer brille,
        Leurs cœurs de vengeance ont frémi.
Point de repos avant la victoire ou la tombe,
        Point de paix devant le danger;
La gloire est à qui frappe et le ciel à qui tombe
        En luttant contre l'étranger.

Gloire à toi dont l'épée a de la tyrannie
        Purgé le monde entre deux mers;
Gloire à toi, Bolivar, dont l'immortel génie
        D'un peuple libre a doté l'univers.

Qui dira ta prudence et ta bouillante audace,

Sur la terre et les flots tes périls, tes combats,
Les Andes devant toi courbant leurs fronts de glace,
Et le Chimborazo tressaillant sous tes pas?
Caracas est vengé, tu sauves Carthagêne;
　Où tu combats l'Espagne n'est plus reine.
Qui dira tant de gloire en peu de jours acquis,
De ton esprit fécond les magiques ressources,
De l'aurore au couchant tes gigantesques courses.
Trois peuples délivrés et trois États conquis?

A ta voix qui sont-ils ceux qui prêtant l'oreille
　　Sous tes drapeaux sont accourus?
Des esclaves tremblans, des pâtres demi-nus,
Des colons ruinés, efféminés la veille,
　　Intrépides le lendemain.
En vain un ciel brûlant s'allume sur leur tête,
Leur corps à ton exemple est devenu d'airain :
A travers les rochers, les flots et la tempête
La liberté les guide et leur ouvre un chemin.
Ils se croient tous vainqueurs te croyant invincible;
　　Pour ton armée il n'est rien d'impossible

Lorsque dans l'avenir tu lui promets un nom,
Ou lorsque d'un regard où la vie étincelle
Tu lui donnes ton âme, et parais devant-elle
    Comme un autre Napoléon.

Comme lui, sur ton front ta pensée agissante
    De tes yeux noirs faisait jaillir l'éclair;
Comme lui, ta parole énergique et puissante
Gravait au fond des cœurs ta volonté de fer :
Mais un plus noble espoir enflammait ton génie;
Il fut grand pour lui-même, et toi pour ta patrie :
Pour tenir l'univers sous son trône abattu
Du vieux monde sa main ébranla l'équilibre,
    Et le vieux monde l'a vaincu :
Liberté fut ton cri ; ton Amérique est libre,
    Et ton œuvre t'a survécu.

Quel mortel, des tyrans foulant aux pieds la chaîne,
Mieux que toi, Bolivar, servit l'humanité!
Quel homme, en soulevant tant d'amour ou de haine,
Fut plus beau dans la gloire et dans l'adversité?

Intrépide, et toujours plus grand que tes désastres,

Au désespoir jamais tu n'as ouvert ton sein ;

Tu disais : J'accomplis les œuvres du destin ;

L'Éternel, qui donna le mouvement aux astres,

De vie et de progrès dota l'esprit humain :

Les temps ont devant lui fait tomber la barrière ;

La liberté sans moi poursuivra sa carrière,

D'autres dans ma patrie affermiront ses pas :

Dieu ne refoule point les fleuves en arrière,

L'esprit humain comme eux ne reculera pas.

Oui, les temps sont venus, dans l'été de ton âge

Tes yeux ont contemplé ton immortel ouvrage.

Combien à Boyaca dut tressaillir ton cœur

Quand tu vis, devant toi semant les funérailles,

Pour toi se déclarer le destin des batailles :

Borcyro dans tes fers t'avouer pour vainqueur,

Sa bannière sanglante en tes mains déchirée,

   La plaine au loin couverte de ses morts ;

Une foule, d'orgueil et de joie enivrée,

     Bénir tes glorieux efforts

Dans Bogota conquise et par toi délivrée :

O quel noble délire, et quels divins transports

Ont fait frémir ton âme et ton génie antique,

Quand tu pus dire alors, digne de Washington :

Et moi j'ai donc aussi fondé ma république,

Et de LIBÉRATEUR obtenu le beau nom !

Aux bienfaiteurs du monde est-ce une loi commune

Que malgré lui toujours ils rendront l'homme heureux,

Et devront leurs succès bien plus à leur fortune

    Qu'aux peuples affranchis par eux ?

De la tienne toi-même avais atteint le faîte,

La gloire sur ton front mêlait tous ses lauriers,

Lorsque les compagnons de tes travaux guerriers

En disputant ses fruits ébranlaient ta conquête.

Tu les as rapprochés en domptant leur orgueil

    Par ton génie armé pour les défendre ;

Aujourd'hui sur la tombe où tu viens de descendre,

    Tu les rapproches par le deuil :

Ils sont unis encor pour honorer ta cendre,

    Et pour pleurer sur ton cercueil.

Il n'est plus ce héros sauveur de sa patrie,

Fameux par ses exploits, et par ses lois plus grand,

Il fonda les États dont il fut conquérant :

Il fut grand, et c'est dire en honorant sa vie,

Qu'il ne s'est montré fort ni juste impunément ;

Victime de sa gloire il le fut de l'envie.

Dans un péril commun trois fois ses ennemis

L'ont nommé dictateur d'une voix unanime,

Et gardant le pouvoir entre ses mains remis,

Cherchant dans ses exploits un titre légitime,

  Il aurait pu régner sans crime ;

A l'austère devoir il est resté soumis.

Il voulut à l'État, par son obéissance,

  Donner un exemple nouveau :

Trois fois il abdiqua, trois fois de la puissance

  Il n'accepta que le fardeau.

D'un souffle empoisonné poursuivant le génie,

L'aveugle haine en vain ne l'attaque jamais :

Le grand homme insulté brave la calomnie ;

  Mais il en meurt, en méprisant ses traits.

Au vulgaire la gloire est toujours importune :
Ceux-mêmes, Bolivar, qu'ont sauvés tes secours
Pour qui tu prodiguas ton repos, ta fortune,
En voulant les flétrir ont abrégé tes jours.

La fièvre t'accablait; ta redoutable épée
Reposait près de toi sur ta couche de mort;
Et du bonheur des tiens toute entière occupée,
Ton ame s'oubliait pour songer à leur sort.
On dit que du trépas tu ressentais l'atteinte,
Et que déjà ton front portait sa pâle empreinte,
Quand ton cœur tout-à-coup brûla d'un nouveau feu;
On t'entendit parler, on vit sous ta paupière,
Dans ton œil ranimé renaître la lumière;
Pour ta patrie en pleurs tu priais encor Dieu :
     Liberté fut ton dernier vœu,
Union, union, ta parole dernière.

Au moment de briser son terrestre lien,
De l'avenir déjà perçant l'épais nuage,
Peut-être ton esprit sur un lointain rivage

Trouvait pour ta patrie un glorieux soutien :
En devançant les temps tu songeais à la France,
Et confondais alors son peuple avec le tien
       Dans ta crainte et ton espérance.

Que les vœux d'un héros ne soient pas impuissans !
Français, prêtons l'oreille à ses derniers accens :
       Que sa parole nous éclaire,
       Que sa vertu règne en nos cœurs ;
Libres, soyons unis sous un roi populaire,
       Et nous serons toujours vainqueurs.

       France, peuple né pour la gloire,
Peuple héroïque et fier, et qui viens d'ajouter
Une page immortelle à ta brillante histoire ;
       O toi qui seul fis ta victoire,
Et l'ayant obtenue as su la respecter :
Modère en son essor la flamme ardente et pure
       Qui couve en ton sein généreux :
Qu'une noble raison, dont ta valeur murmure,
Dirige tes efforts en inspirant tes vœux.

La liberté sans elle est un bien dangereux,

Et que l'humanité sans le connaître implore.

Son fruit par la raison en tous lieux doit éclore;

Mais nul avant le temps ne le peut transplanter :

Sa semence est de flamme, elle agite et dévore

    Le sol inculte et faible encore

    Qui n'est pas mûr pour la porter.

Parmi les nations ta place est la plus belle,

France, protége-les, mais avec majesté :

Des peuples affranchis défends la liberté

Lorsqu'ils l'auront conquise et seront dignes d'elle :

    Sois puissante pour leur repos :

Donne à la Colombie une main fraternelle,

    Et des larmes à son héros.

FIN.

OUVRAGES DU MÊME AUTEUR.

ROSEMONDE, tragédie représentée au premier Théâtre-Français le 6 octobre 1826.

CHANT POUR LA GRÈCE, brochure in-8°.

Paris. — Imprimerie et Fonderie de G. Doyen, rue Saint-Jacques, n. 38.